石川　透　編

室町物語影印叢刊　21

二十四孝

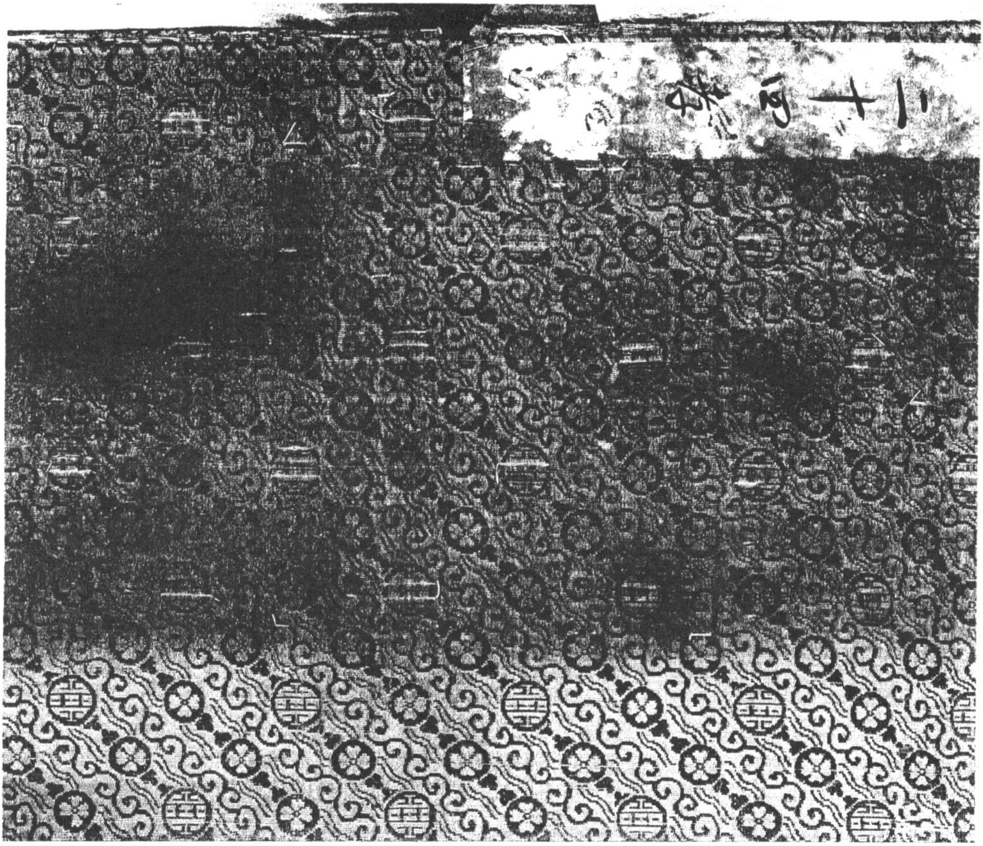

大舜《たいしゆん》

たいしゆんはいたつてかう〳〵なる人也父の名はこそうといひし人は一段頑《ぐわん》にして母はかたましき人なりおとゝはおごりていたつらもの也されども大しゆんはひたすら孝《かう》をいたすある時歴山《れきさん》といふ所に耕作《かうさく》しけるにかう〳〵をかんじて大象《たいざう》来りて田をたかやし又鳥とび来りて田の草をくさぎりかうさくをたすけをなしけるさてその時天下の御あるじを堯王《げうわう》と申けれはその姫君《ひめぎみ》ましますあねをば娥皇《がくわう》と申いもとを女英《ぢよえい》と申ける堯王舜《しゆん》のかう〳〵なるをきこしめしてきさきにそなへ位《くらゐ》をゆづり給へ

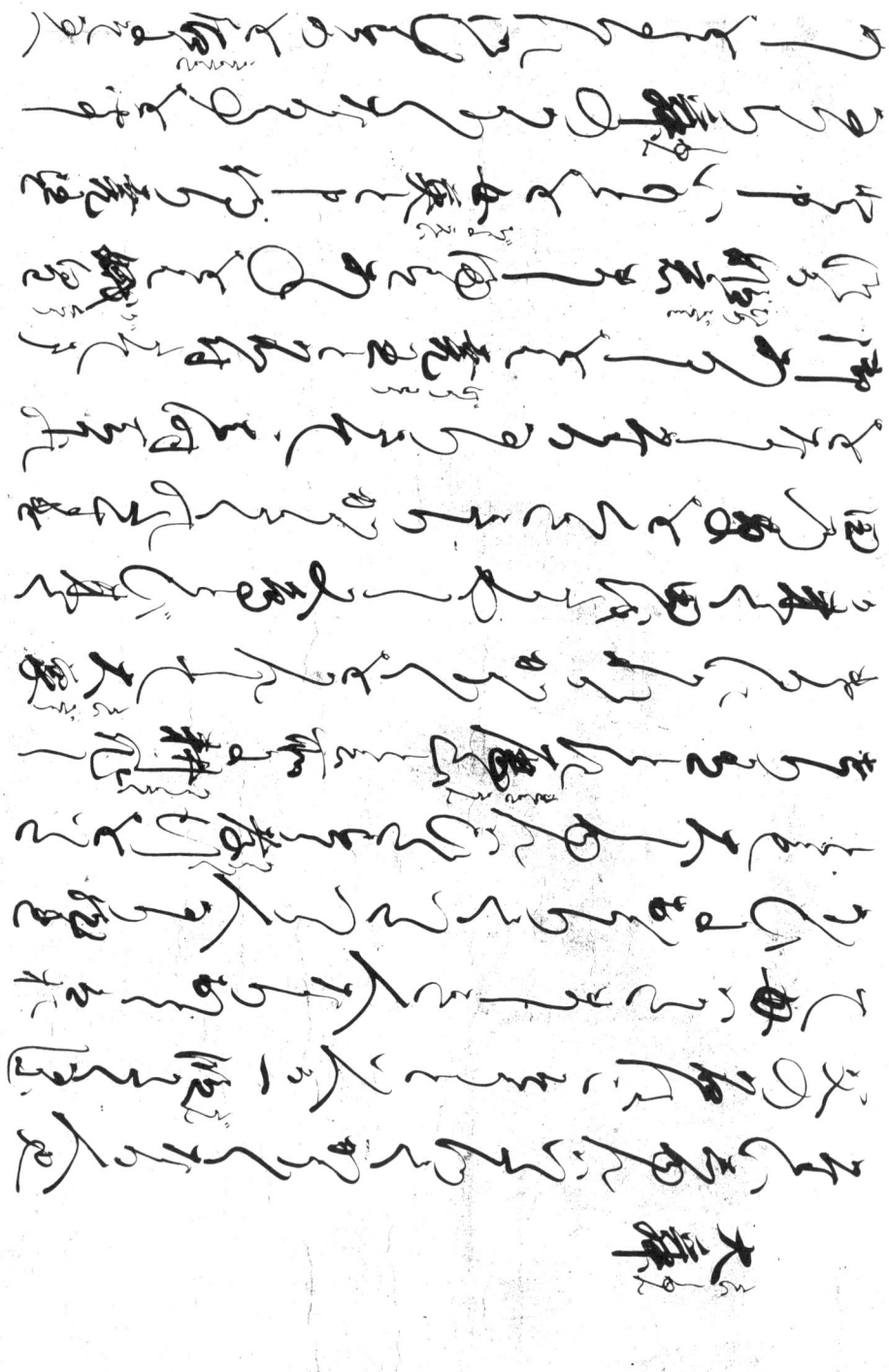

さして舜の〔 〕
めしとまれ〔 〕后《きさき》にそなへ
終に天下をゆつり給へり
これひとへに

孟宗

孟宗はいとけなくして父におくれ
ひとりの母をやしなへり母年
老いて常に病いたはりて食の味《あぢ》はひ
もたびごとにかはりければよしなきもの
をのぞめり冬のことなるに竹の子
をほしく思へりすなはち孟宗竹

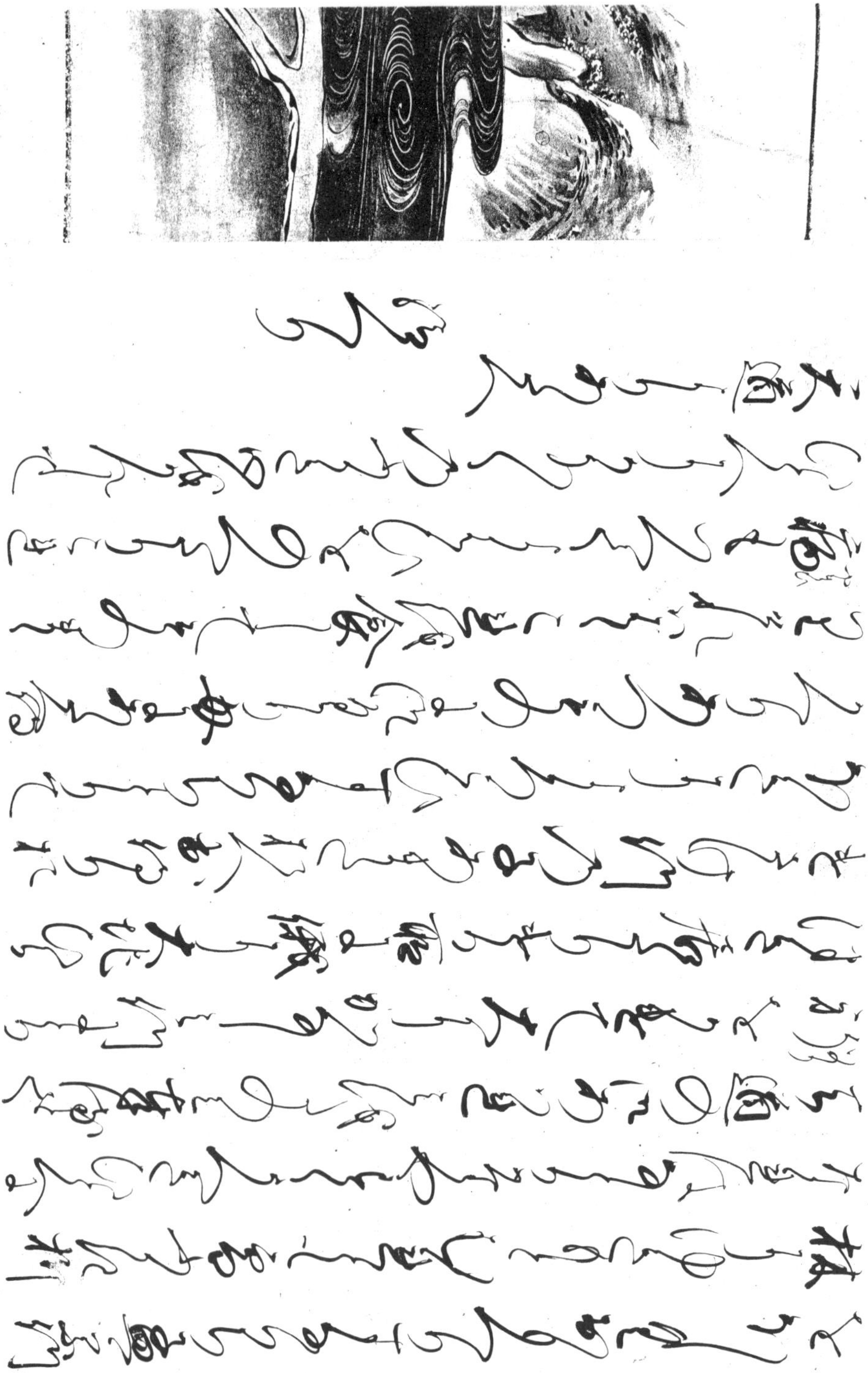

丁蘭《ていらん》

丁蘭《ていらん》は河内《かだい》の野《や》王《わう》といふ所の人なり
十五のとし母にをくれたてまつり
まことにこひしくおもひけれは木像《もくざう》を
つくりいきたる人につかふることくしけり
丁蘭《ていらん》が妻《つま》ある夜のことなるに火を
もつてもくざうのおもてをこかしけれは
そのこかしたる所よりちいてうちたち
まいり二日ほとして妻《つま》のかし
らの髪《かみ》が刀にてきりたるやうにお
ちてけりおちたりけるにおとろきて
わひことするを丁蘭もきくよりふしきにおもひ
もくぞうを大道へうつして妻
に三年わひことさせけれは一夜
うちに頭のかみもとのことくして木像《もくざう》いえにけり

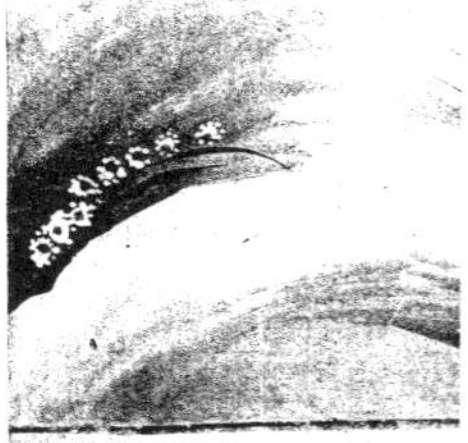

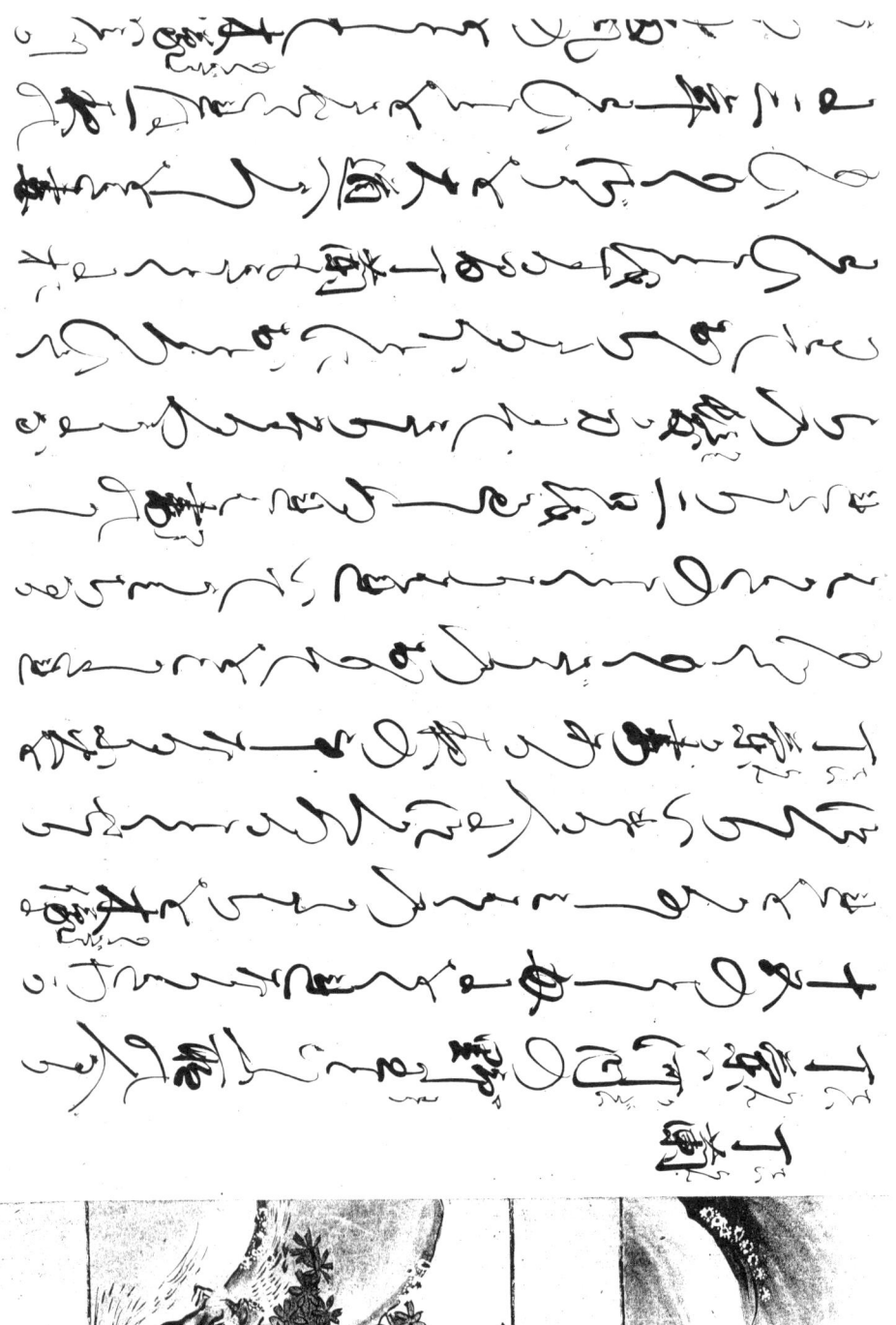

うらうら西風のそよとして木像《もくざう》いとつ
らゆへゆくそれわたりしてわたりそ先
のまとをりくさの氣色とよくいら
さやへやよりさめかひもなく
とたしふはそくひすくれ
中ふりて

閔《びん》子《し》騫《けん》

びんしけんいとけなくして母にをく
れたり父また妻をむかへて二人の子
をもてりかのはゝ我子をふかく愛
してまゝ子をにくみさむき冬もあ
しのほをとりてしとねにいれてきせ給

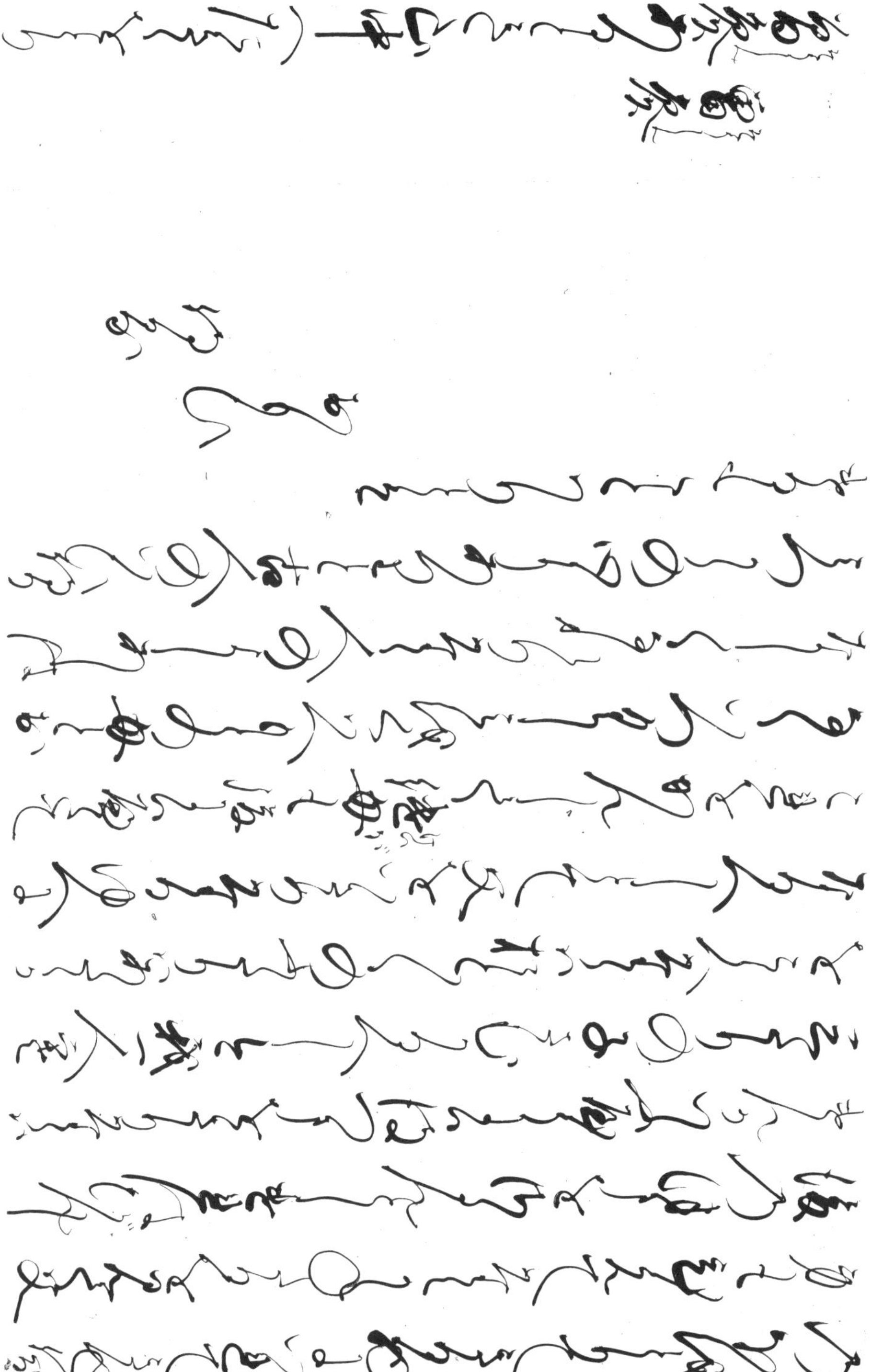

つねばかりてうらめよいとてうらや候
あもさんてそうしをうらくとうんく文
後のはしをいへんしきを甚ゆ
きんかうまゐらせ候ねつきとまゐらせ候
こゝろのまゝしらへしと我一人を
とらへそうハれてくのすまゐらせ候
なりへしとて文とうらそろゆへよ
こまとめんしく継母《けいぼ》も後いらせて
すこしつかうらゆくへりの母とお
なしくかうそく人のうしあは
うつゝのやりあるとも古人のいはう
きやうまことつりしまゝ

あらし
ゆるか

當參《たうさん》

當參《たうさん》かゝる山中へたづねられ

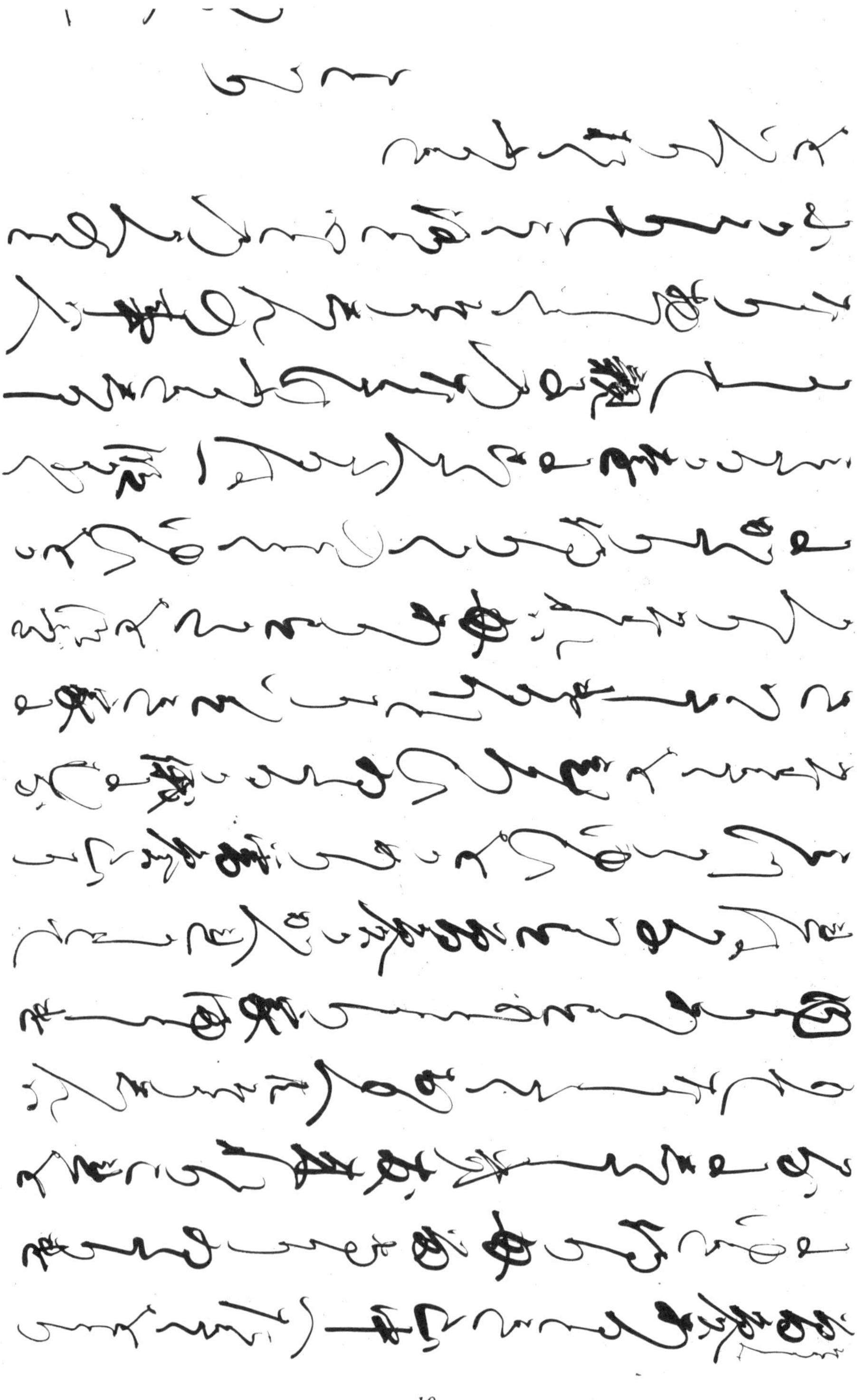

王祥《わうしやう》

わうしやうはいとけなくして母をうし
なへり父又妻をもとめしその名を朱《しゆ》
氏といひ侍りきついゐかゝるなき父
子の中をあしくいひてうとまし
侍れどもうらみとせずして継母《けいぼ》にもよく
うくといへきろうやの人なり
よかの母をつねにあてさしなり
かなる魚《うを》をとりくあひきらな
筆府といふ所の河へりゝめよ侍り
されども冬の事なれば氷とぢて魚

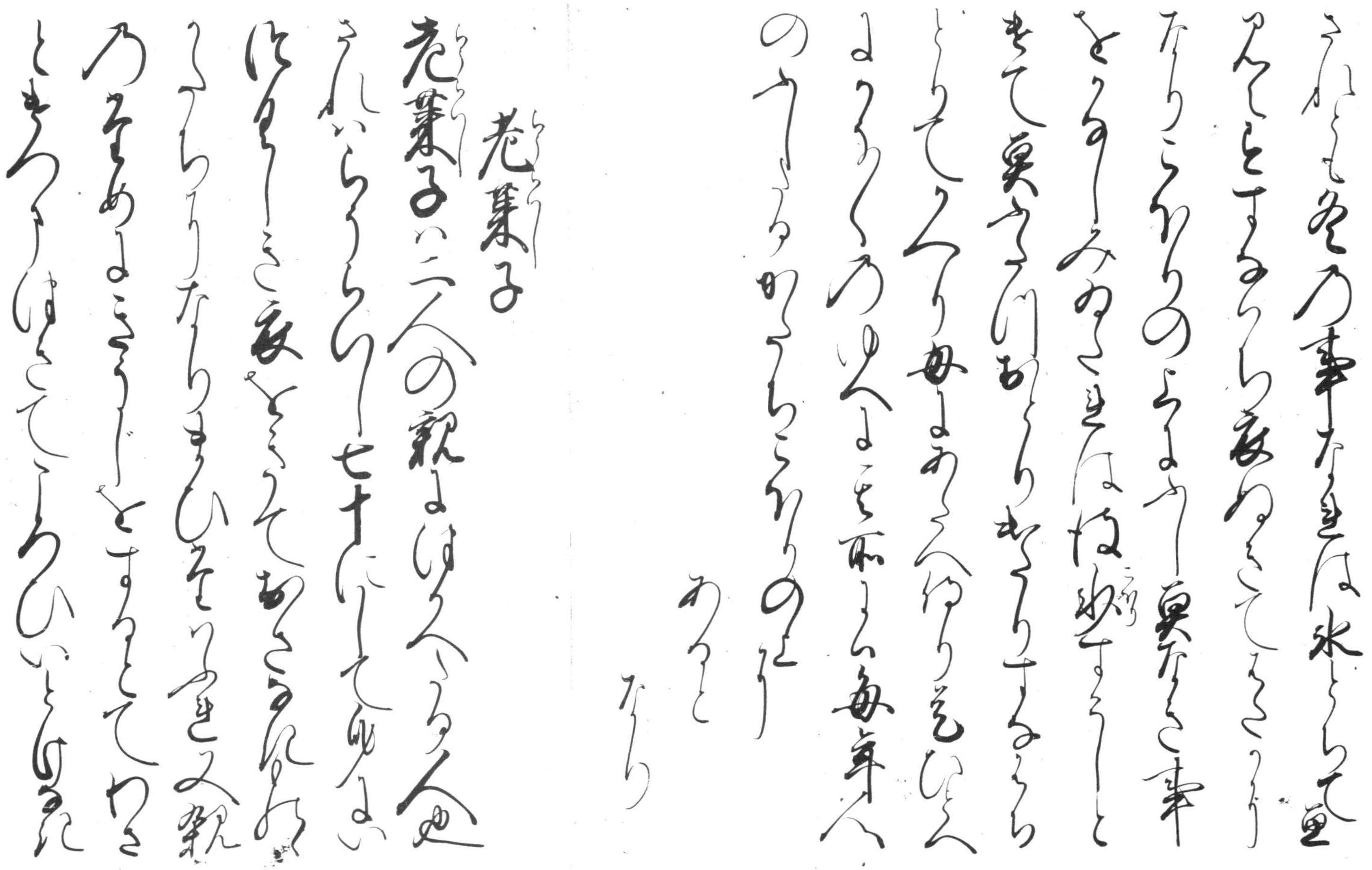

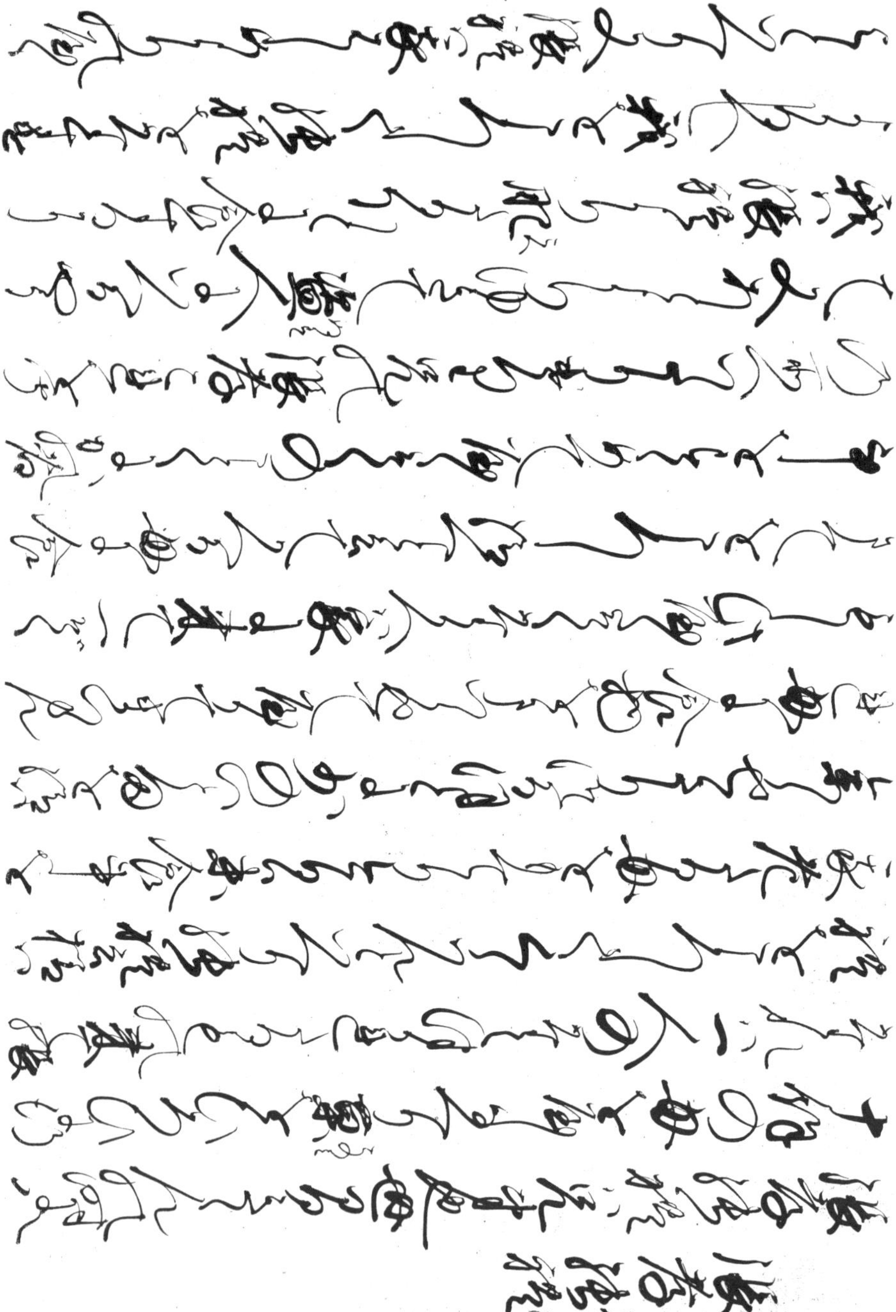

田真《でんしん》田廣《でんくわう》田慶《でんきやう》

此三人は兄弟なり親におくれて後
親の財《ざい》宝《ほう》をとこゝろよくわけてとりけるか
庭前《ていぜん》に紫《し》荊樹《けいじゆ》とて枝葉さかへ花も
にほひてさきける木一本ありけるを
と三つにわりおきてとらんとて夜
のほとりに三人せんぎしきわめける夜の
とてありぬるかれは木枯れうせて木
のはくへてりきれしさのつてに
くろの木あら戚りつきとりて田真は
とかんく草も木も心ありてふりわさ

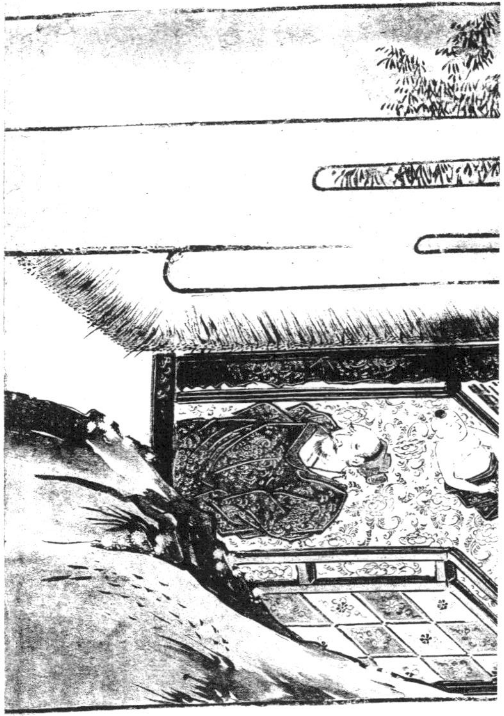

[illegible]おもへり袁術こ
[illegible]陸績はおさなき人よりあ
[illegible]ひゆりきれいおもりに[illegible]
[illegible]に母よくてり母にあたへ
[illegible]と申けり袁術これを
きゝてをさなき心にてや[illegible]
[illegible]なりとかんずると
なりさそうらて

天下の人

孝行

なるものと

ありけると

なり

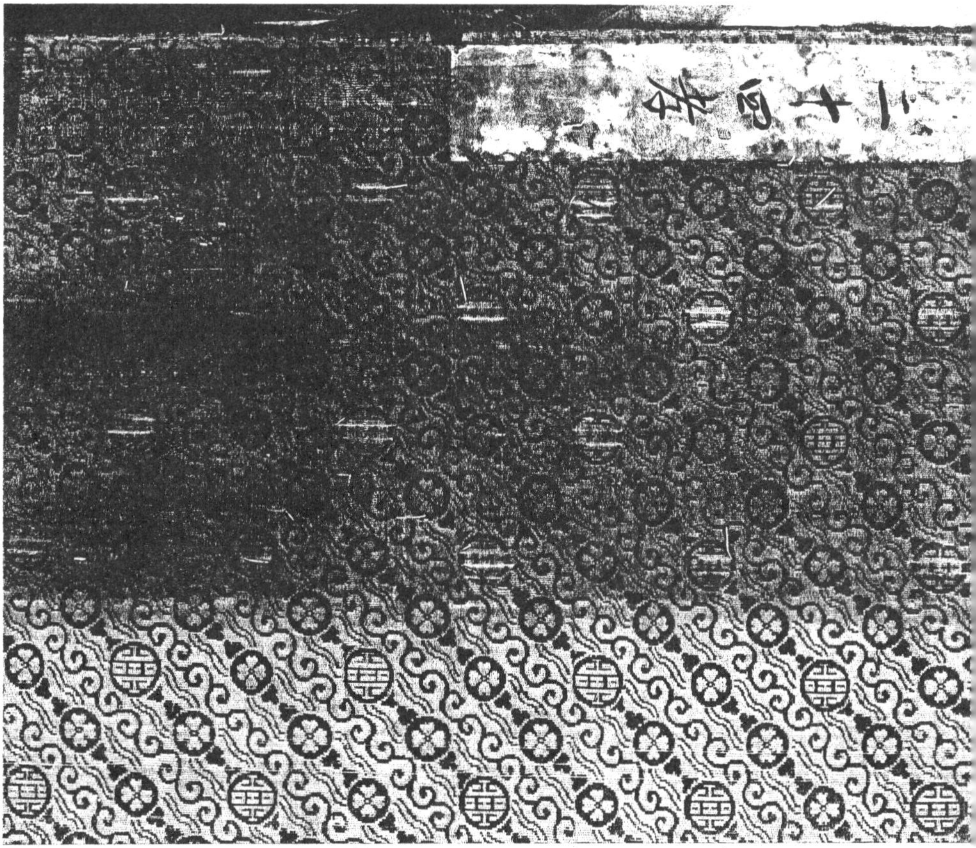

黄香《きやうかう》

黄香《きやうかう》は安陵《あんりやう》といふ所の人なり九さ
いのとき母にはなれ父によくつかへ
てかうかうをつくしけり夏《なつ》のいた
くあつきなりしにはまくらや床《とこ》を
あふきてすゝしめて又冬《ふゆ》のさむ
きをりは身をもつてふすまのうちを
あたゝめ事とうしくわのかとを
あまねくあへらるゝよかく
なりとて太守劉護といひし人札を
たてゝかのまゝかゝくをとかめそる
ほとりをしらして人々黄香
こそ孝《かう》もり世一の
人なりと
ありけると
なり

王裒《わうほう》

王裒は営《えい》陵といふ所の人なり父の
王《わう》儀《ぎ》ふつゝかの事ありて帝《てい》王《わう》に
法《はつ》度《と》によつてつみなく死りしをうら
みて一期《ご》のうちその方《かた》へむかひて
座《ざ》せざりし也父の墓所にありては
まつさ栢くうしろの木によりかゝり
てなきさけびしかはなみだかゝり
く木もかれしとなり母は平生かみ
なりをおそれたまふ人なりしが母死して
くわつの後も雷《らい》でんのなりわたる

たりとおそれてんへ人をまもりけるに
くなりて後も雷《らい》でんのなりわたるよ
いつとき母の墓所へ行き寝てまいり
ありしてろうとめぐり死ら母よ
かとそへさうやよ死て後までかく
とゝもゝくとりつくいまゝにしれぬかう
くまて

行をいたして
ありしき
事とも
なり

郭《くわく》巨《きよ》

郭《くわく》巨《きよ》は河《か》内といふ所の人也。家貧し
く母を養ひけるに、妻《つま》一子をうみて三
歳《さい》になりけり。郭巨が老母《らうぼ》かの孫をいつく
しみつゝ我食事をわけてあたへける時、郭
巨妻にかたりけるは、母の食

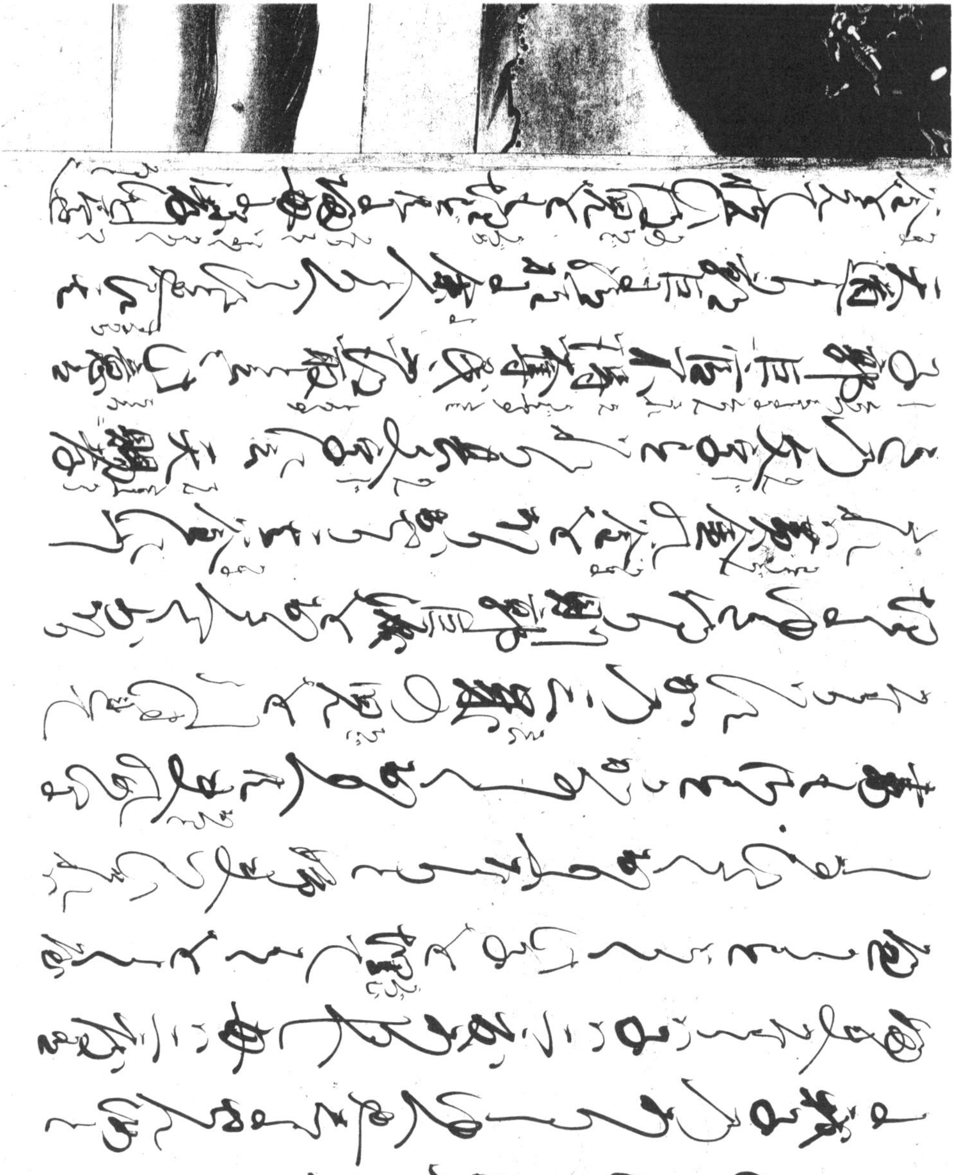

朱寿昌《しゆじゆしやう》

しゆじゆしやうは七歳《さい》のとき父に母
をさりきられしかは母をこひしく
つねにしきりに山中をなけきしのひしに
はせりけるものゝ中に五十のよはひ
ありし時寿昌《じゆしやう》官人となりしを
官禄《くわんろく》をもすてゝ妻子をもすてゝ秦《しん》と
いふ所へそうらうのゆくゑをきゝて母と
あらためて修してこゝろから血《ち》を
つくし経をうつして天道へいのり
とけて

そへ川孫

ふかく

のぞしの

つゞの
かうさ
ゆくへり
はせよ
みる
あへる
なり

漢文帝《かんのぶんてい》

漢《かん》のぶんていは漢《かん》のかうその御子也
いとけなき御名を恒《ごう》と申侍き
母薄太后《はくたいこう》に孝《かう》行なりしかば食
をまいらする時は先みづから
なめこゝろみてまいらせ兄弟もあ
またましましけれどもじんかうに孫
とあつくなひろくなさけふかゝりき
まことのゆへに陳平《ちんへい》周勃《しうぼつ》などいひける
臣下みなうちよりてしまつりたてまつり

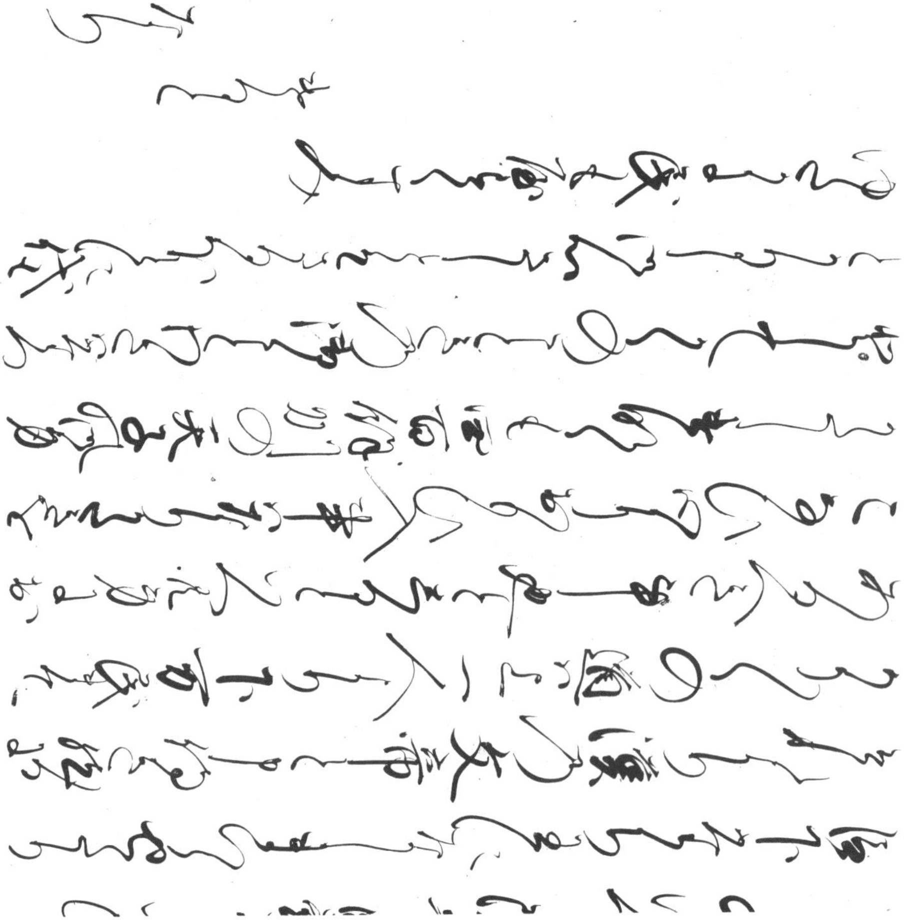

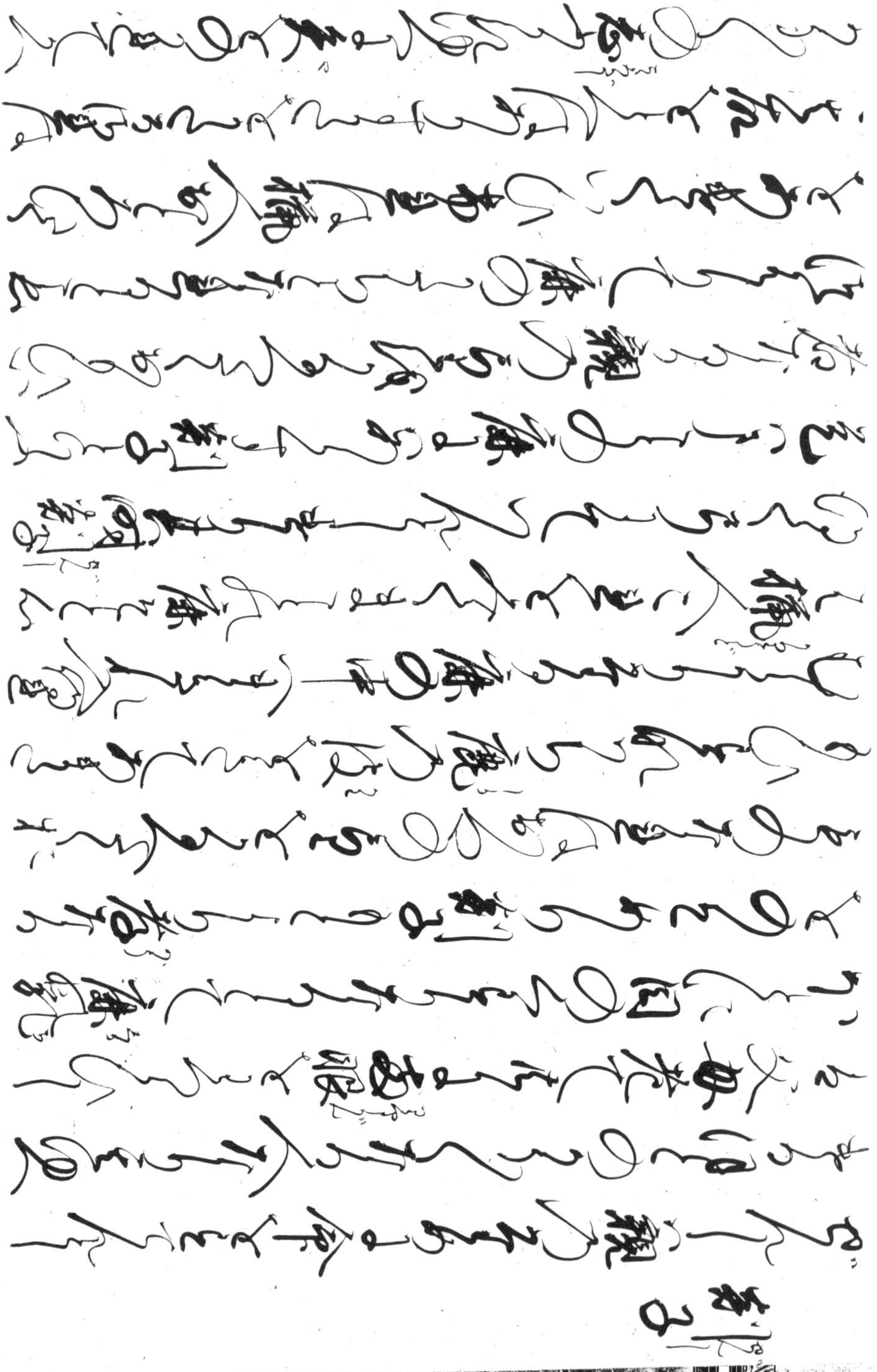

うらくの志《こゝろざし》ありゆへに矢《や》をのがれてうへ
つまり柳へとして麻《しう》よ乱《らじ》とりとします
とていくうゆさすへさたまたあらはひへる
若《わか》りの思ひ居きてかつまとめ

蔡順《さいじゆん》

さいじゆんは汝南《ぢよなん》といふ所の人也王莽《わうまう》
といふ人の時の末より天下大に
みたれ又飢饉《ききん》しく食事に乏しきを
まはは母のために桑の実をひろひ
熟《じゆく》しけると熟《じゆく》せさるとを
わけりこの時世のみたれふしより人を
ころ[illegible]したとすりてきれたる末て
[illegible]

たしきことをなしてすりをとる者有て
蔡順《さいじゆん》をとらへなんとして二色よひ
ろひつるをみてとひけれは蔡順ひら
る母とりてあかり熟《じゆく》したるは母よの
くへ熟せさるは我さめなりとか
かたりけれはかのつはものともも
その孝をかんして米二斗と牛の足
一つあたへて去りぬその米とうしの
あしとを母にあたへ又わかれうにも常に
食すきとして一期《ご》のたからとしてあ
つきゆとなりしこと

うろくの

ちりかなる

庾黔婁《ゆきんろう》

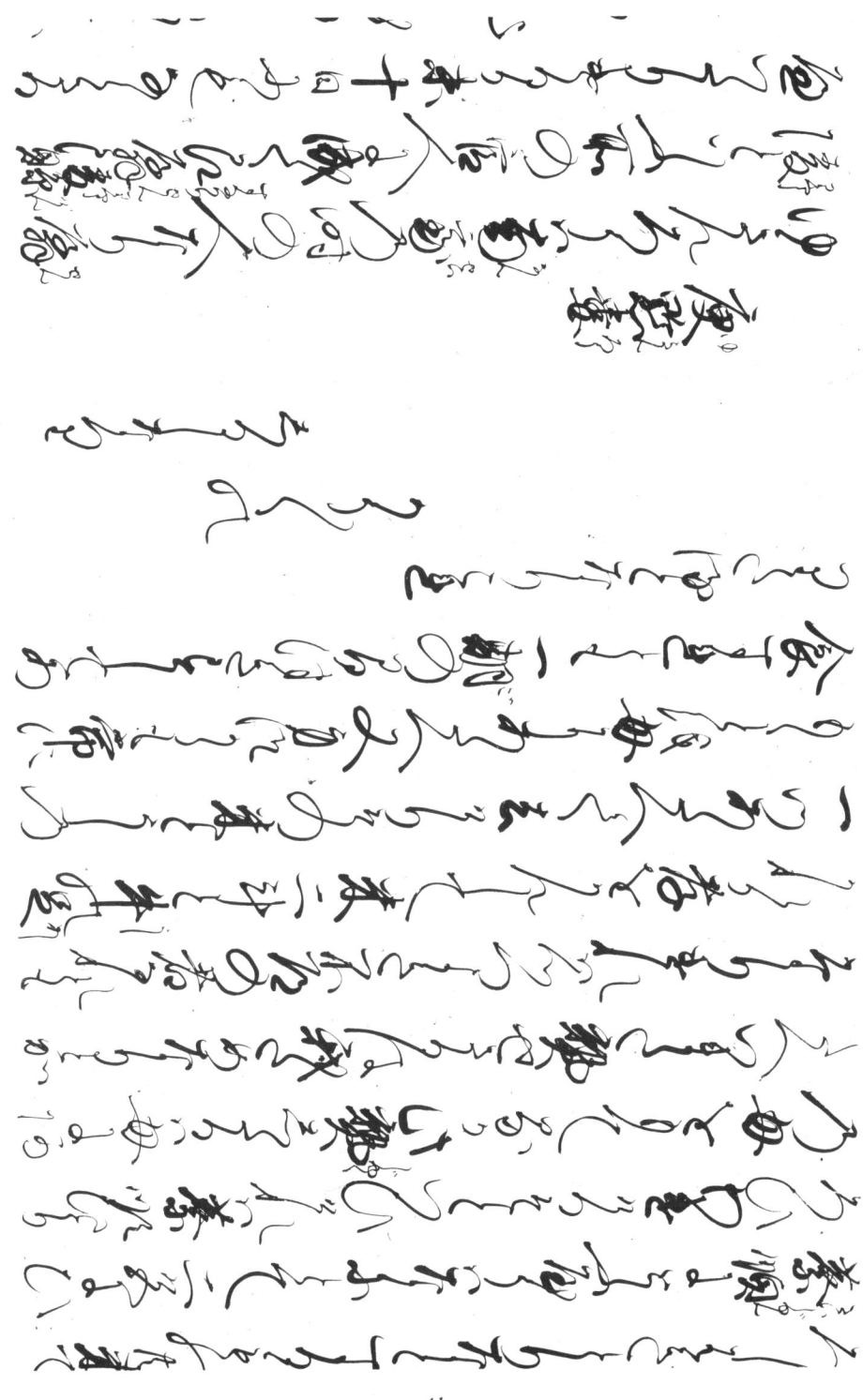

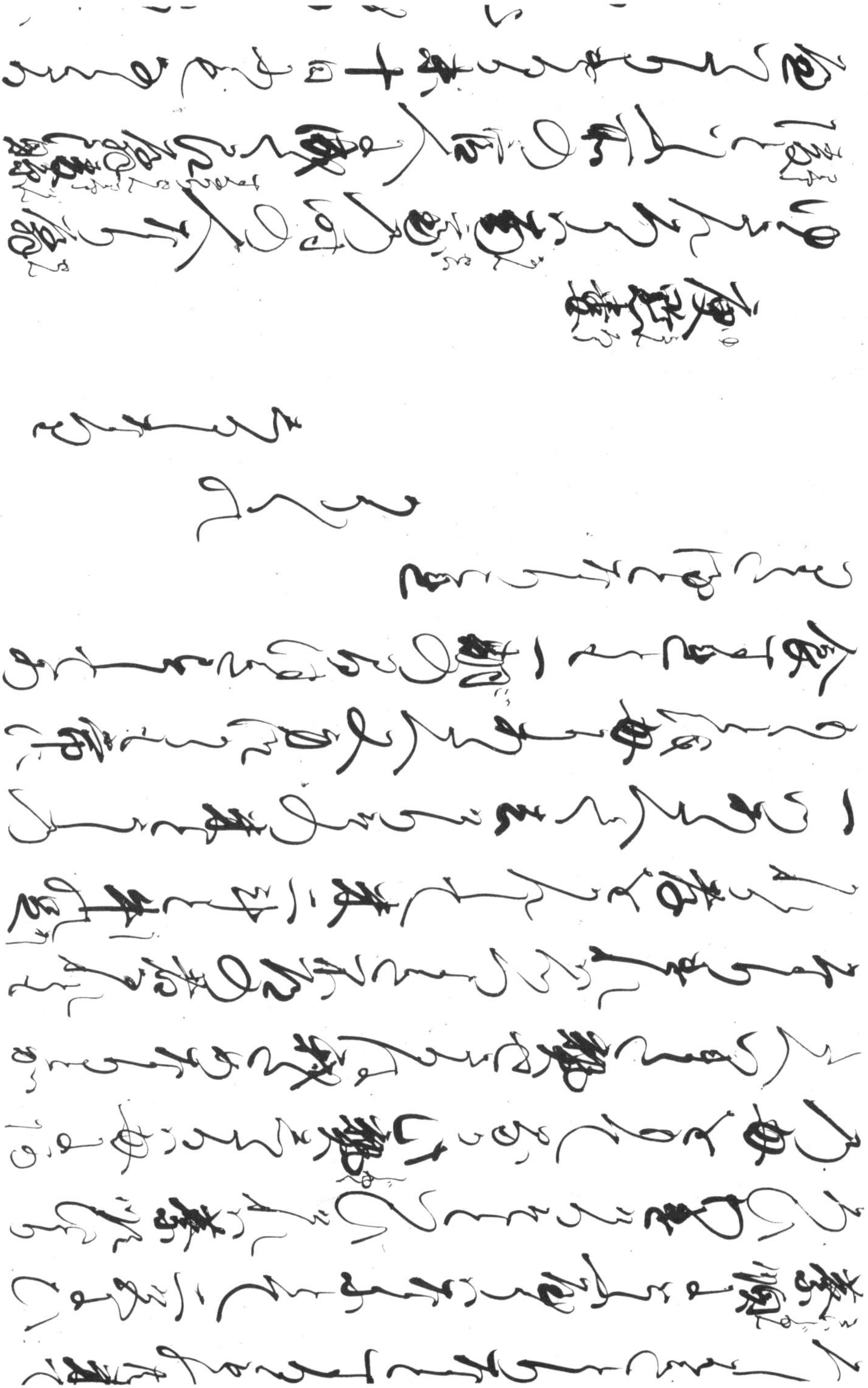

ゆきんろうは南斉《なんせい》の時の人なり孱《せん》
陵《りよう》といふ所の官人に成て孱陵縣
至りてまゐる未十日にもならさる

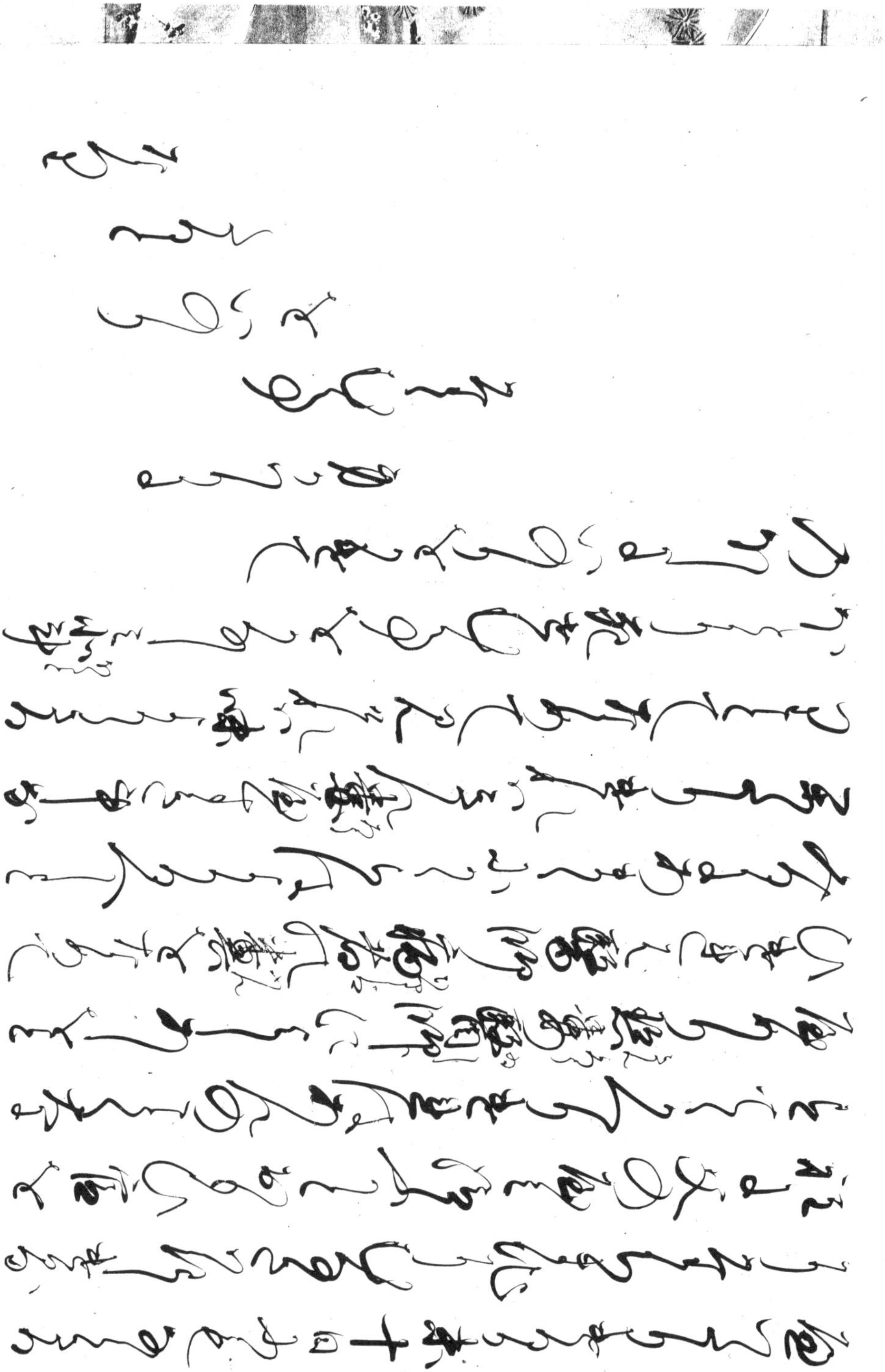

唐夫人《たうふじん》

唐《たう》夫《ふ》人《じん》ハしうとめ長孫《ちやうそん》夫人《ぶじん》年たけ
てしかハ食事《しよくじ》歯《は》にかなハて
常《つね》に乳《ち》をふくめあるひハあさことに
うくともつゝしみくけて粧
病うひおもりあるところ長孫夫人
よろひはさてこのたびハ死せんと
おもひ一門一家《け》をあつめつゝ人を集
わりよめ唐《たう》夫《ふ》人《じん》の数年《すうねん》の恩《をん》を報ぜ
らしてしと死《し》せむ事のこりあり
我子孫《しそん》この唐夫人のかうくとまねよ
てあつかひしかハと末もさかへんやと

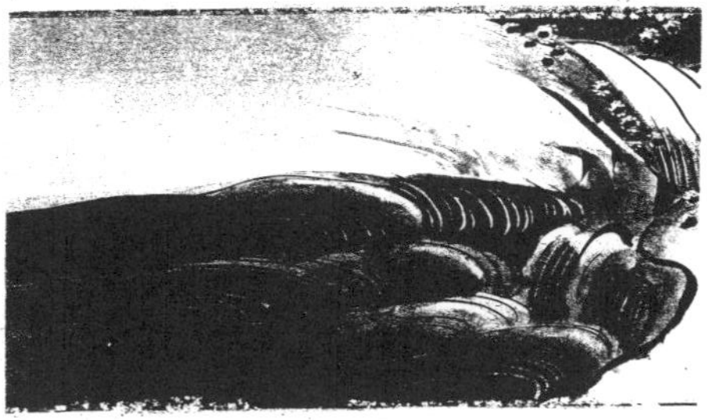

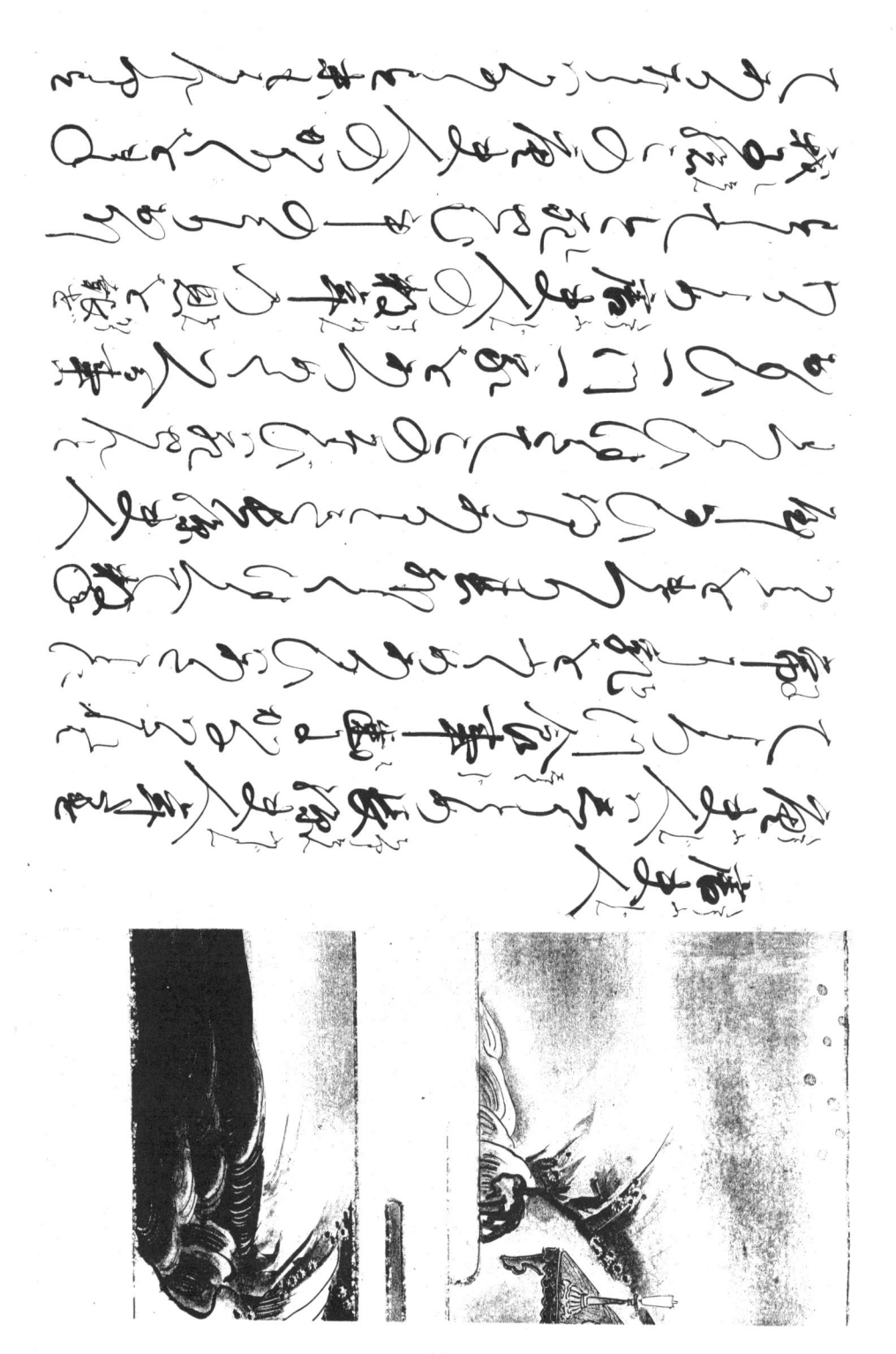

れしこしたしつしも〳〵（
てあるなかにあるとまもるへしやと
えしらひゆくすゑよろこひあり
うくなれは富とましなりて人
こかこゝろをやめりと望はある
てしかひく寿無量《じゆむりやう》するの
こうまいりのく
あうろ
とたら

養詩

こゝろしハ母よかりくなる人すり
母はゝりにのみとのそ思ひ
みちすしいとの腰とりしあつくりそ
まうら菊酒寿としく六七暑頃
とくてころにのあとくまうし父
曲乃たゆとゝくちゝめてあく
夢史しもまゝよゝ人てりあう

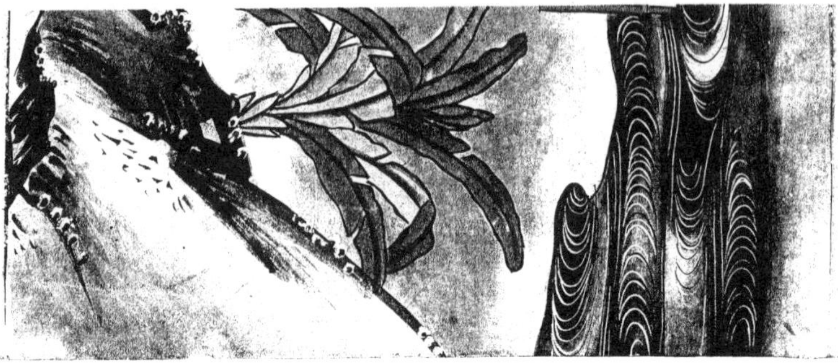

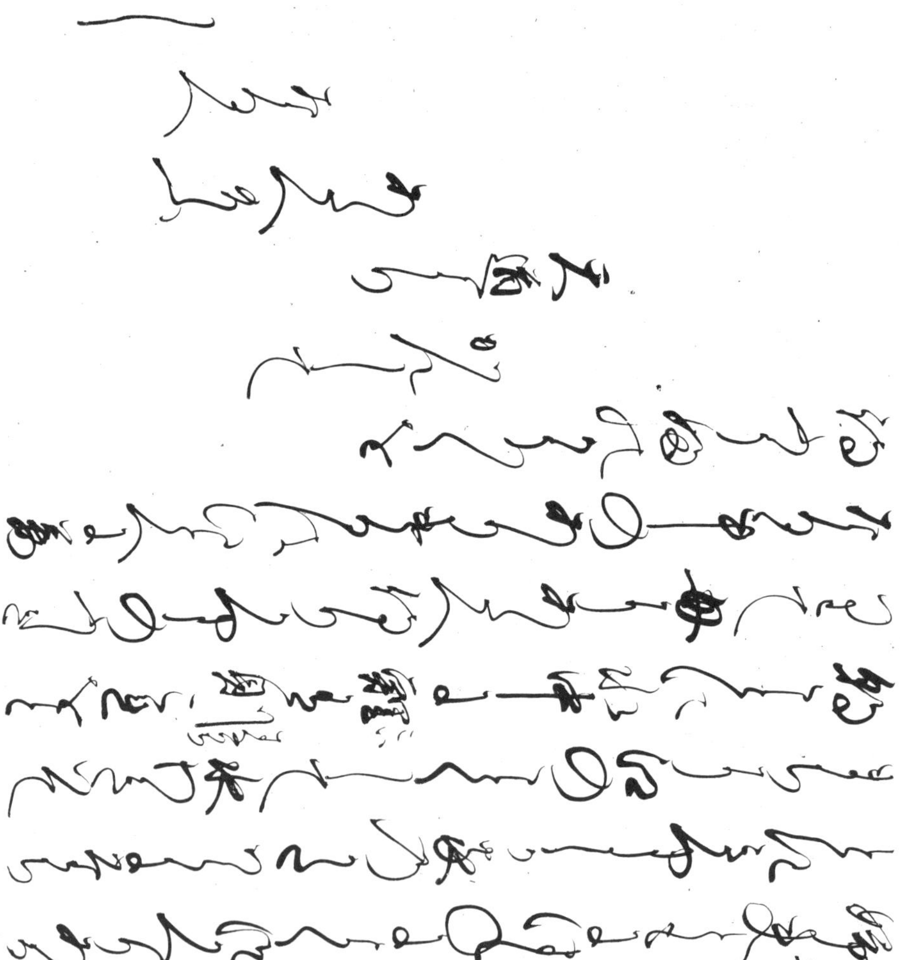

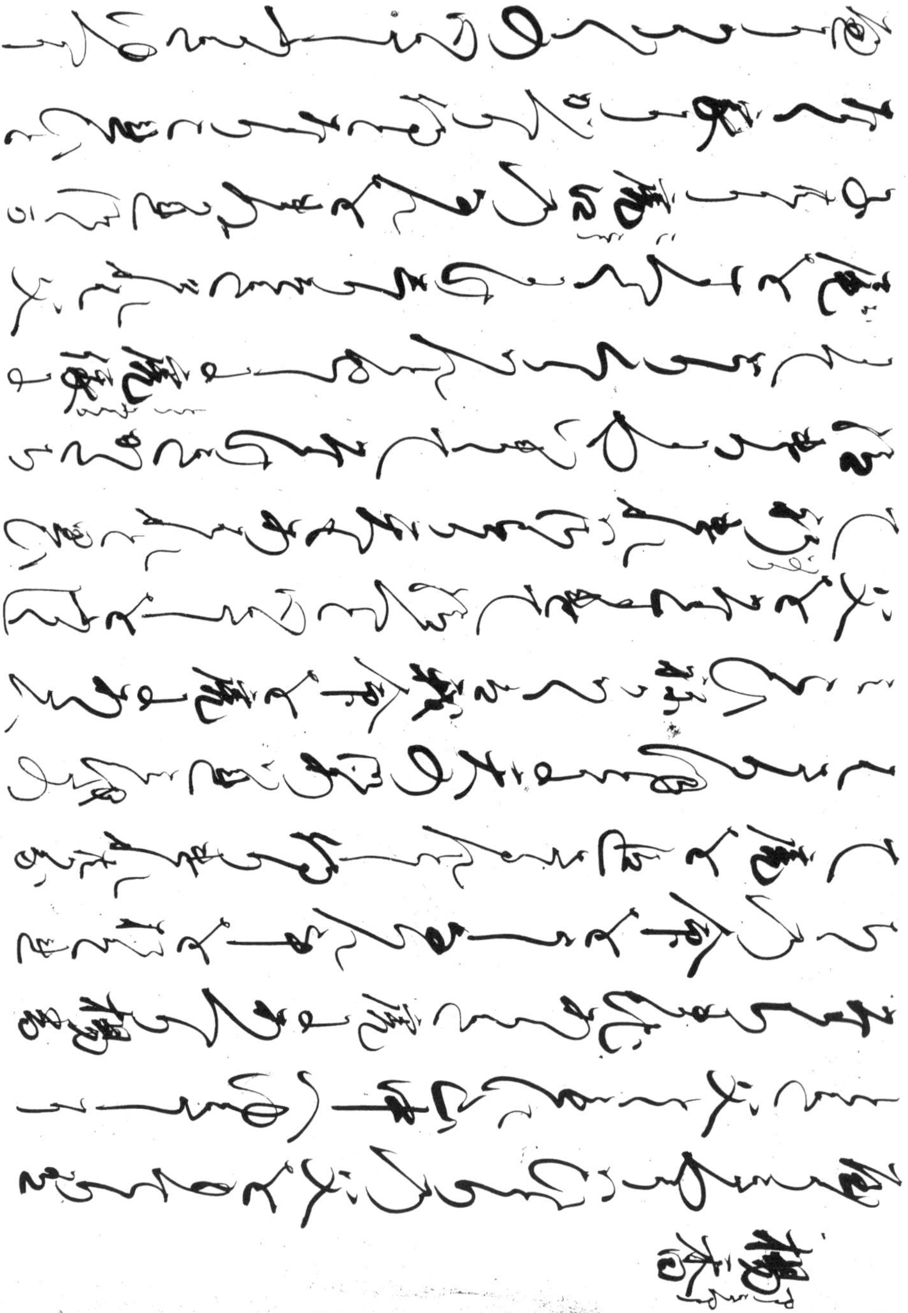

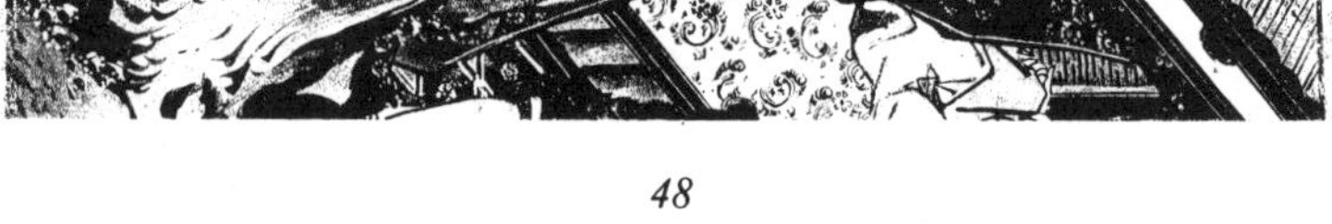

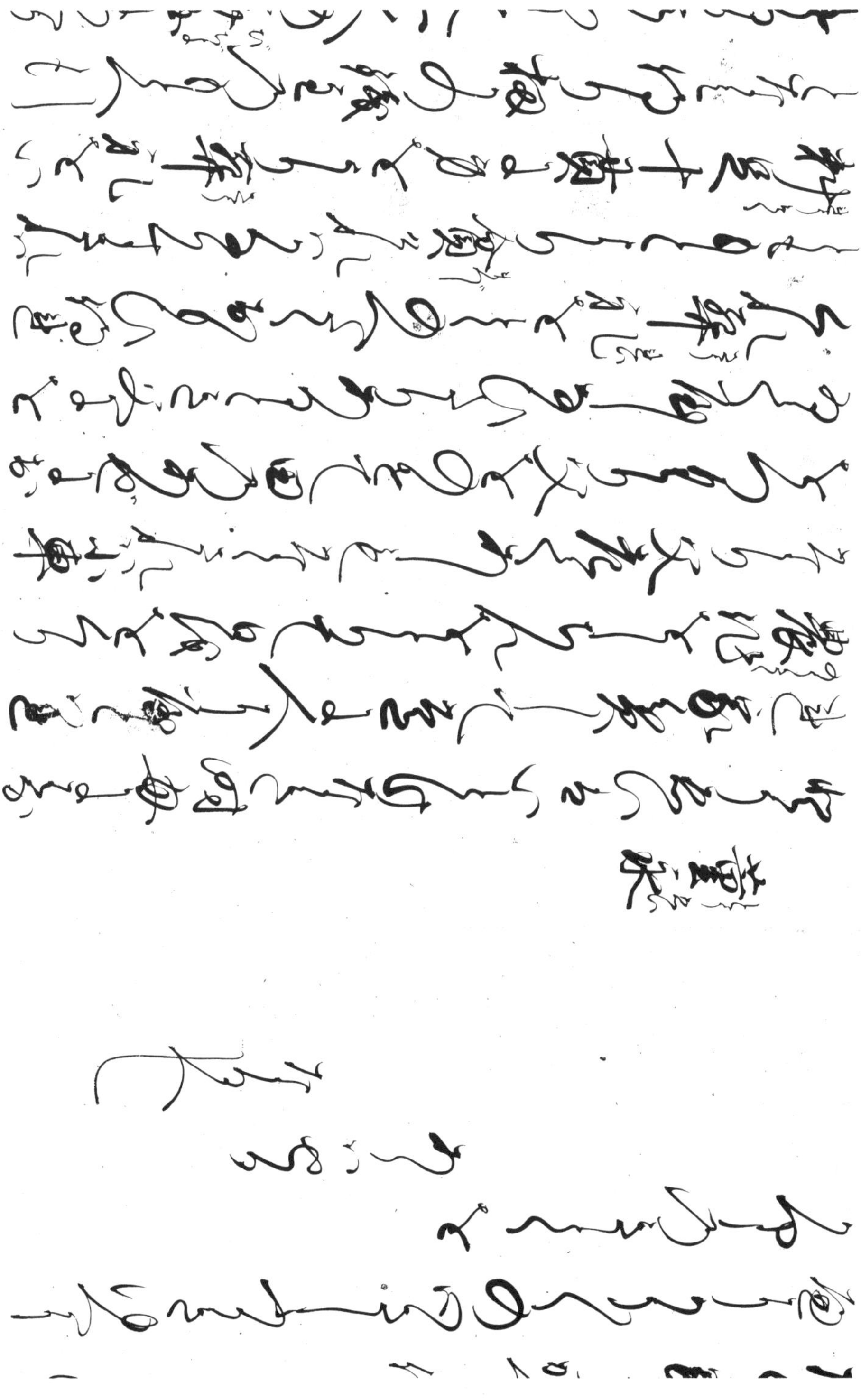

料足《れうそく》十貫に身をうり葬《さう》礼をい
となみ、かり物の主のもとへ
まかりける道にて一人の美女《びぢよ》にあへり
かの人董永《とうえい》か妻《つま》になるへしとて、とも
にゆきて一月かうちに絹三百疋
織《おり》て、かのぬしにかへしけれは主も
とらせて、とう永か身をゆるしけり
其後婦人、とうえいにいふやう、我は天上
の織女《おりひめ》なり、なんちか孝《かう》行《かう》をかんしてやとく
くたりて、おひめをつくのはせんとて
てんへそあかりける

解題

『二十四孝』は、中国における二十四人の孝行であった人物達の話を集めたものである。江戸時代に入り、版本となってからは多くので伝本が作られた。豪華本としての奈良絵本や絵巻にも仕立てられ、多くの作品が残されている。

以下に、本書の書誌を簡単に記す。

所蔵、架蔵
形態、絵巻、二軸
時代、［江戸前期］写
寸法、縦三二・七糎
表紙、黄土色地金繍表紙
外題、題簽「二十四孝」
見返、金布目紙
内題、ナシ
料紙、斐紙
字高、約二六・六糎

室町物語影印叢刊21

二十四孝

定価は表紙に表示しています。

平成二四年四月一日　初版三刷発行

©編　者　石川　透
発行者　吉田栄治
印刷所エーヴィスシステムズ

発行所　㈱三弥井書店
東京都港区三田三―二―三九
振　替〇〇一九〇―八―二一一二五
電　話〇三―三四五二―八〇六九
FAX〇三―三四五六―〇三四六

ISBN978-4-8382-7050-7 C3019